제주에서 불어온 바람

제주에서 불어온 바람

류송미 에세이

프롤로그

2017년 6월 20일 전과 후로 내 인생은 많은 것이 바뀌었다.
다니던 회사를 관두고 내 정신상태는 바닥이었다. 나는 될 대로 되라지 하고 회사를 창업했다. 바닥을 찍으면 어느 순간 여유가 생긴다. 회사에서 남은 약간의 악과 깡을 긍정적으로 승화시킨 케이스이다.

나는 다행히 주변에 나를 변화시킬 사람이 한두 명 있었는데 그때는 몰랐는데 어느 순간 그 친구들이 원래 타고나길 잘해서, 멋져서가 아니라 그냥 '나만의 것을 만들어버리는 것'이라는 점을 알게 되었다. 내가 회사를 만들고 내 명함에 대표라는 이름을 과감히 쓴 것은 바로 그것들에서 착안했다.

그맘때쯤 나는 카톡으로 사주를 봐주는 사람을 통해 순전히 재미로 한해 사주를 봤다. 그분은 디자인 계통 일은 아주 잘 맞으며 지식을 채우면 일이 더 잘될 것이라는 소리를 했다. 이후 책 한 권을 추천받았는데 바로 데일카네기의 인간관계론이라는 책이다. 삶의 아주 기본되는 관계에 태도와 여러 사업가의 마인드에도 좋은 책이었던 것 같다.

이후 내 삶은 아주 긍정적인 방향으로만 흘러가고 있었다. 사주 선생님 말씀대로 책을 읽으니 아주 좁은 시야만 가지고 있던 내가 삶에 대한 관심과 세상이 어떻게 돌아가는지 조금 더 관심 있게 바라보게 된 것 같아 신기했다. 나는 책 한 권 끝까지 읽어본 적 없었는데 어느덧 도서관을 밥 먹듯이 가게 되었다. 그 시절을 돌아보면 세상의 중심이 나로 바뀌어 나 또한 세상을 변화시키는 데 일조하고 싶은 마음까지 들었다.

내가 가장 빛나던 시절이 아닐까 싶다. 일에 몰두하고 책을 통해 세상은 배울 점이 많고 아직 경험할 게 많다고 생각했다. 나는 이제 한 발을 떼었을 뿐이니 더욱더 모험심이 생겨났다. 내가 좋아하는 일을 하는 것도 한몫했다. 누군가에게도 말해주고 싶다. 언젠가 한 번 자기 스스로 일을 시작해 보는 것은 아주 멋진 경험이 될 거라고. 물론 누구나 자기가 원하는 일을 하며 스스로 만족하면서 살기는 어렵다는 것을 잘 안다. 누군가는 세상이 스포트라이트를 주지 않는 일을 하면서도 먹고 살아야 하기에 누군가의 생계를 책임져야 하므로 일을 안 할 수 없기 때문에 힘들지만, 열심히 하루하루를 살아간다. 또한 누군가는 아이를 키우고 아낌없이 자기를 내어준다. 그것은 잘못된 것이 아니다. 그분들도 박수받아야 할 인생을 살아가고 있다.

다시 내 이야기로 돌아와 나는 대표라는 타이틀을 스스로 매달았고 내가 삶의 주인이 되었다는 기쁨도 무척 컸지만 스스로를 고용하여 끊임없이 일감을 만들어 내야만 했다. 마음대로 쉴 수도, 주어진 일을 하고 싶어도 하지 못하는 아찔한 순간들도 한두 번이 아니다. 그러한 경험 또한 직접 일을 시작하지 않으면 모를 것이라고 말해주고 싶다. 어떤 게 더 좋고 나쁘냐의 차이가 아니다.

삶은 다양한 모습을 띠고 있고 제각각 연극의 일부로서 삶을 체험한다. 나는 각각의 이야기를 좋아한다.

제주라는 곳은 내가 창업한 그 이후 삶을 다각도로 보기 시작한 순간 나의 첫 홀로서기의 시작이자 진짜 나 홀로 여행을 간 여행지이다.

설렘 반 두려움 반 여행은 늘 그렇지만 나 홀로 여행이니 더욱더 그러했다. 한글 파일을 열어 내가 가고 싶은 곳의 큰 동선은 대부분 짰다. 에어비앤비로 숙소를 예약할 때도 묘한 기분이 들었다. 제주도 혼여(혼자 여행)는 처음이었으니 말이다. 그 숙소는 아직도 길이길이 내 기억에 남을 것이다. 다행히 나의 첫 여행을 개인 블로그에 남겨두어 한 번씩 그때의 기분과 여정을 돌아볼 수 있어서 참 재밌다. 그 당시 제주에서 가장 유명했던 김밥집인 제주 김만복을 테이크아웃하고 버스를 타고 자유롭게 거니는 조랑말을 마주하고 자연스럽게 어우러진 풀들 돌담길들을 스쳐보며 내가 진짜 여행을 왔구나 싶었다. 제주도립미술관에서 유유히 전시를 보며 새로운 제주를 보게 되기도 하고 사색할 수 있었다.

숙소를 가는 길도 험난했지만, 버스를 돌고 돌아 약간의 걱정 끝에 도착한 숙소에서 흘러나오는 숙소는 가히 감동에 쓰나미였다. “여기까지 무사히 잘 왔어!”하는 듯한 빈티지한 전구색 조명과 LP 감성이 낭랑한 김광석의 노래를 들으며 나는 안도감을 느꼈다. 그리고 조금 지나자 형언할 수 없는 자유와 공간이 주는 경험에 흠뻑 취해있었다. 사실 그 집안에 들어서자마자 행복하다고 생각했던 것 같다. 레트로한 구옥의 매력이 가득 담긴 집에서 홀로 책을 읽으며 약간의 외로움조차 들어올 틈 없이 정말 아낌없이 행복한 나 홀로의 시간을 보냈다. 첫 번째 날을 설렘 속에 마무리했다면 두 번째 날은 자연이 주는 수많은 선물을 받았다.

내가 그동안 책을 통해 느꼈던 여러 지식과 경험을 뒤로하고 머릿속에서 새로운 바람이 불기 시작했다. 자연 그대로의 아름다움을 간직한 곳을 통해 삶은 진실로 살아갈 가치가 있다고 느꼈다. 그리고 나란 존재도 살아있다는 것을 느꼈다. 생동감. 그것은 홀로 여행하며 온전히 맞이했다. 비자림이라는 곳을 갔을 때는 깊은 숲의 향을 마시며 이끼가 잔뜩 낀 생명력 넘치는 나무들이 서로 얽혀있지만 서로의 존재를 이해하고 숨을 쉴 수 있는 공간을 서로가 만들어가는 모습을 보았다. 조화롭게 배려한다는 생각이 들었다. 자연의 이치를 통해 겸손함을 배운 것이다. 누가 더 잘나고 못나지 않고 그들의 자태는 존재로 아름다웠다.

나는 이 세상도 그것을 배울 필요가 있다고 생각했다.

나무들은 크면 큰 대로 더 많은 자양분을 내어주고 좋은 공기와 쉼을 주었다. 큰 나무들 옆에 있는 다른 생명들은 그것을 받침 삼아 자신의 줄기를 뻗어 생명력을 키워나가는 듯 보였다. 하늘을 보았을 때 단풍나무 같은 잎사귀들은 아주 세밀한 패턴이 되어 세상을 아름답게 비추었다. 제주는 나에게 단순한 힐링 여행지가 아니다. 온전한 나로 살아갈 수 있도록 용기를 주었으며 세상이 이토록 아름답다는 것을 전해준 곳이다.

나의 생애 첫 창업기가 일에 대한 열정을 꽃피웠던 순간이었다면 제주는 나에게 인생을 더욱 풍요롭게 해줄 열매를 끊임없이 내밀었다.

이 책은 단순한 제주의 이야기만 담은 것이 아닌 내가 살아오면서 느꼈던 순간순간들의 총합이기도 하다.

7년 후 우여곡절 끝에 현재 내가 살고 싶던 제주에 정착하여 곳곳에서 영감을 얻은 순간들을 통해 발현된 나의 문장들이다. 누군가에게 전해주려고 쓴 것은 아니지만 그때 느꼈던 그 문장들을 통해 다른 이들에도 제주에서의 바람이 스미어, 또 다른 영감이 되길 바란다.

part1

제주에서 불어온 바람

제주가 좋은 이유는

제주가 좋은 이유는

현무암에 구멍이 송송 나 있는 만큼

여유가 불어오기 때문

자유를 안다는 것

여행을 다니면서 몰랐던 자유를 깨닫는 건

이미 우리에게 자유로운 DNA가 있어서 아닐까?

이미 자유로운 곳에서 태어난 거 아닐까?

추억

사랑들 눈망울 속

추억이 새록새록

어떤 마음을 품고 있을지

어떤 생각을 담아갈지

듣고 있나요?

바닷결이 마주치는 소리

바람이 부는 방향의 소리

새가 지저귀는 소리

햇살이 비추는 그늘에서 쉬어가는

내 마음의 소리

part2
기분 좋은 상상

자연스럽게 살기

자연처럼 자연스럽게 움직여보자

참새들의 가벼운 발걸음처럼

산들바람처럼 느슨하고 자유롭게

어느덧 바람결에 사라진 생각들

그저 풍경이 이끄는 대로 움직여보자

nature flow

무엇을 좋아하는지 아는 것

어떤 공간에서 내가 기분 좋을지 아는 것

어떤 커피가 입맛에 딱 맞을지 아는 것

어떤 공간이 나를 더 풍요롭게 해주는지 아는 것

어떤 사람과 함께할 때 남김없이 행복할지 아는 것

어설픈 인생길에 스스로 의지가 되는 것

스스로 위안을 주는 것

냄새

나만 아는 그 사람의 냄새는

나의 정신적인 치료제이다.

그 냄새는 그대처럼 따뜻하고

인생 이대로 충분하다는 안정제이다.

그대를 꼭 안고 있고 싶다.

오늘 밤에도 내 옆에 기대어줘요.

part3

주체적으로 떠나는 태도

꿀 같은 시간

일의 자유도가 높으면 높을수록

좋은점이 많다.

내가 가고싶은곳을 시간제한없이

다녀올 수 있고

먹고싶은것을 먹으러 갈수도 있다.

친구도 자유롭게 만날 수 있다.

그럼에도 가장 좋은것은

일을 잘 마무리한뒤 떠나는 자유이다.

나에겐 꿀 같이 행복한 시간이다.

인생의 항로

인생의 정해진 항로가 있었으면
재미는 없어도 편안했을 것 같아

마치 티비를 틀어놓고
편안한 자연물 영상을
보는 느낌이겠지?

반대로
인생의 항로의 결정권자가 되면
더 재밌을 거야

실패해도 오롯이 그걸 경험할 수 있게 되거든
기쁘면 두 배로 기쁘다?

그래서 우리는 이런 여행을 하나 봐
조금 액티비티한 여행

어차피 누구나 자신만의 경험을 얻으니
너무 실망하지 마

때로는 풍경을 보려고
그 여행을 하는 거니까

씁쓸함

때로는 씁쓸함이

발길을 붙잡는다.

내 행복만을 위한 길이

진정한 행복일까?

진정한 행복을 위해서

한 걸음 나아가려는 처절함일까

이러나저러나

그 길의 한 발짝은 이미 시작되었다.

그 길에서 분명 얻을 것이 있을 것이다.

인생은 어차피 선택

선택에 존중까지 받으려면

우리 삶은 너무 각박할 것이다.

그것이 맞다고 하면

틀렸다고 할 사람이 더 많을 것이다.

내가 좋아하는 것을 하면

그것을 좋지 못하게 보는 사람이 있을 것이다.

그럼 내가 옳다고 생각하는 일은

무엇인가

모든 것을 포기하지 마라

내가 옳다고 생각하는 그 길을 가보라

시간 부자

시간을 마음대로 쓸 수 있는 부자

내가 가고 싶은 곳을 지금 당장 갈 수 있는 부자

길이 닫는 대로 갈 수 있는 용기를 가진 부자

억만금을 줘도 바꾸기 어려운 시간 부자가 되고 싶다.

part3

삶이 빛나는 이유

수집가

여러 가지 조각들을

수집할 수 있는 사람은

언젠가 자신만의 색이 담긴 조각보를 완성할 수 있다.

당신이 어떤 조각을 가지고 있든

그것은 나만의 작품이 될 수 있다.

감정이라는 보석

매번 새로운 감정

볼 때마다 설레고 짜릿하고 신선하다.

눈물겨울 때도 있다.

보석같이 빛나는 그때 그 순간의 감정

s h i n i n g   s t a r

part4
희망

불빛

어지러운 네온사인
너무 밝은 가로등
그래도 그런 것들이 있어
세상을 비추어
어둠을 밝히고
서로의 상태를 직시하게 한다.

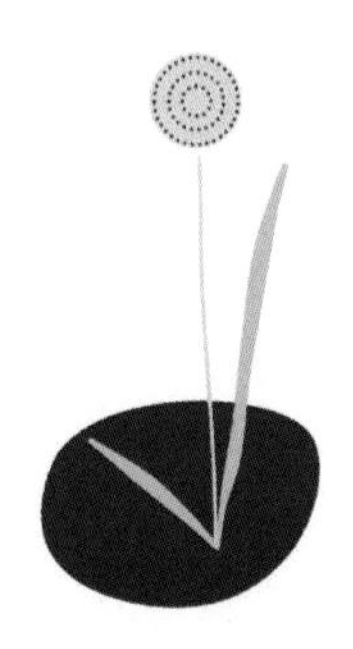

마치 어두운 뒷골목
가로등을 붙잡고
힘겨루기를 하는 사람을 바라보는 것처럼

때로는 그런 불빛들이
서로를 비추게 하는 등불이 된다.

새벽녘

그 긴 어둠을 지나

동이 틀려고 하는 새벽녘까지도

다 네 것이란다.

네가 맞이할 아침도 곧 찾아올 거야

언제나 그랬듯이

괜찮은 게 뭐야?

삶은 괜찮아지려 할수록

안 괜찮은 것들이 따라붙는다.

안 괜찮을수록 버티고 살아가야 할 것들이

따라붙는다.

우리가 살아가야 할 이유

part5

사랑에 관하여

두 사람과 두 사랑

애초에 맞을 수 없는 두 사람이

투닥투닥 맞춰나가는 것

불안하다면 함께

마음이 자주 불안한 사람이라면

좋은 사람 혹은 사랑하는 사람

혹은 반려동물과 함께 지내보세요.

그냥 누군가 옆에 같이 있는 것만으로도

마음의 위안이 되니까요.

큰 화

누군가의 상처가
큰 화(火)로 나에게 돌아올 때

혹은 그 반대일 때

나를 위해서
주변의 안전을 위해
한숨 크게 쉬고
마음의 물탱크를 상상하며
슬며시 꺼내
초기 진압해 볼 것

·

·

"니가 그런 생각이었구나. 그럴 수 있지."

변화되기

특정 누군가와 있을 때

내가 자연스럽게 변화한다.

낙천적이고 느긋한 사람 옆에서는

조금 더 주도적으로 리드하게되고

매우 꼼꼼하게 챙기는 사람 옆에서는

느슨해지고 왠지 모르게 의지하게 된다.

내 성격도 고정된 게 아닌가 보다.

깊은 마음 깊은 사랑

그대의 온기에서 느끼는 안온감

그대의 숨결에서 느끼는 생명감

그대의 말투에서 느끼는 다정함

그대의 사랑 어린 눈빛에서 느낄 수 있는 사랑

그대여서 그대이기에 고맙다.

part6

매우 주관적 생각

판단을 미루기

비건으로 살아가기를 고작 5개월

노(NO)비건으로 살아가기를 30년

짧은 시간이지만 깨달은 것

내 몸은 내가 잘 알아가는 것이

가장 중요하다는 것

무엇이 좋은지 무엇이 해로울지

적당히 해롭고 적당히 좋을지

스스로에게 되물어보자

나아졌다고 할 수 있나?

현재의 기술 발전이 수많은 편리함을 안겨줬지만
그에 반대해서 많은 피로도가 쌓이고도 있다.

알고리즘을 타고 수많은 정보가 쌓여오고
나의 정보가 수많은 사이트로 유출되기도 한다.
모바일 범죄들은 또 얼마나 많은지

우리의 정신 또한 더욱 풍요로워진 것만은 아니다.
휴대전화가 생기기 전 PC가 생기기 전
우리는 조금 더 감각에 집중하고
무언가 직접적으로 나누고 공유했었지

완벽한 미래 완벽한 세상을 향해
나아가고만 있다고 생각하기 어려운 세상

무엇이 더 발전되었다고 단정하기는 어렵다.

단지 그것이 발전된 것처럼 보일 수는 있지만.

part7

감정 다루기

외로움 증폭 장치

외로움을 증폭하면 위로가 되는 아이러니

책의 구절에서, 혹은 영화에서 뼛속 깊은

마음의 상처나 아픔 혹은 슬픔을 날것으로 접할 때.

"나만 그런게 아니야…."

속 깊은 얘기를 잘하지 못하는 성격 탓일까?

인간이라는 동물은 어쩔 수 없다는 생각의 연대감일까

혹은 나 정도면 지금 괜찮은 거구나 하는

하찮은 안도감일까.

예민함의 병 1

예민한 레이더가 발동한다.

깨끗한 방바닥 머리카락과 먼지들

친하지 않은 친구들의 안부 카톡

통화한 지 꽤 된 가족들의 연락

언제쯤 날아올지 모르는 업무 피드백

갑자기 들이닥치는 화

만나야만 하는 친구 약속들

무던히 하루하루 지낸다는 게

나에게는 어렵다.

예민함의 병 2

예민함의 병에 걸리면
좋은 점이 있다.

상황을 자세히 파악하고
내 마음을 눈에 띄게
바라볼 수 있다.

일하는 시간 중간
브레이크타임을 가지며 정비하듯이
심호흡할 수 있는 여유 또한
챙기려 노력해 본다.

카페에서 아메리카노 한잔하며
책 읽을 수 있는 여유는
나에게 예민함의 병을 단숨에
치유해 줄 수 있다.

part8
회상

상상해보기

예전과 나는 다르다.

불과 10년 전

나는 취직을 하기 위해 면접을 봤다.

회사는 책을 출간하고 편집하는 곳이었던 걸로 기억한다.

"최근에 무슨 책 읽으셨어요?"

"왜 그 책이 좋았나요?"

"살면서 가장 기억에 남는 책이 있다면요?"

나는 고등학교 때 읽었던 여행기

책이 떠올라 그것을 말하려던 순간

책 이름도 떠오르지 않아 얼버무렸다.

“책 이름은 자세히 생각이 안 나는데
프랑스에 가서 여러 가지 음식을 먹는 부분이….”

나는 당연히 면접에 탈락했고 실망도 사치였다.

시간이 많이 흘러
내가 이렇게 책을 좋아하게 될지 몰랐다.

내가 좋아하는 책들이 쌓여갈수록
예전의 그 면접 장소에 가서
내가 아주 즐겁게 면접을 보고 나오는 장면을
상상한다.

제주도

제주도가 마냥 좋아서

집을 구하러 다녔다.

농가주택부터 빌라 아파트까지

뷰가 좋아 덥석 계약할 뻔한 경우도 몇 차례

수중에 있는 돈은 생각하지 못했다.

그중 한군데는 내가 살고 싶었던

에어비앤비의 주인이 마중 나와 있었다.

그분은 주인이 아니라 임대인이었는데

얼굴을 들여다보더니

"송미 씨…?!"하며 내 이름을 기억하고 있었다.

순간 많은 감정들이 오갔다.

얼굴을 마주하기 전까지 집주인과의 문제로 인해

집을 팔 수밖에 없어 매우 심드렁한 표정이었는데 말이다.

이게 바로 운명인가 생각했지만

결국 나는 그 집을 사지는 않았다.

아니 오히려 선뜻 사기가 어려워 지기도 했다.

임대인의 하소연을 들으니

이래서 내 집 마련이 중요한 것인가 생각이 들었기 때문이다.

어찌 됐든 소중한 인연을

다시 만난 것에 감사한다.

에어비앤비를 묵었을 때 좋은 감정이 들었던 곳이라

이날 있었던 일도 좋은 에피소드로 남을 것 같다.

만약 그 집을 샀다면 나는 그곳에서 무엇을

하고 지냈을까? 나도 에어비앤비 주인이 됐으려나.

그 집을 잘 가꾸고 재밌게 살았을 수도 있겠다.

삶은 예측 불가하다.

임대인 아니 전 에어비앤비 사장님의 숙소에 대한 애정만큼이나

누군가가 또 좋은 공간으로 오랫동안 집을 잘 이용하길 바라본다.

part9

삶의 조각들

BOOK

한 사람의 서재를 관찰하는 일은
그 사람의 우주를 담고 있다.

행복

당신이 불행했다고 여겼던 순간만큼

행복한 순간도 훨씬 많았다는 걸 잊지 않길

스토리

우리는 하나의 스토리

한 사람 한 사람 구성진 스토리

그 많은 아픔을 딛고

어떤 이야기를 들려줄까

어떤 에피소드를 가지고

가슴을 뛰게 할까

어리숙함

어리숙하다고 작아지지 말자
그때 그 순간은 다시 돌아오지 않으니까
참 예쁜 그 순간

걱정하지 마

내일 일은 아무도 모르는 것
지금, 이 순간 원하는 걸 해봐
후회도 없이 자유롭게

누군가는 이렇게 말할 것이다.
네가 경험한 건 다가 아니라고

그럼 내가 경험한 것은
무엇일까?

누군가가 절대 맛보지 못한
세상일껄? ㅎㅎ

신

신은 거창한 게 아니야
순간순간 드는 바람결처럼
마음에 스미는 순간

지나가는 사람들을 보며
그 사람의 온기를 체감할 때

흘러가는 나뭇잎을 보며
내가 그것의 일부로 연결되었다는 것을
느낄 때

그때그때
너는 네가 신의 일부라는 것을
깨닫고

심장의 이야기를 느끼는 거야

욕망 1

깨끗함에 대한 욕망
부도덕하지 않음에 대한 욕망
우위에 서려는 욕망
탓하려는 욕망

부끄러워하지 말 것
완성된 인간은 없고
완벽한 세계도 없다.

나의 모든 것임을 인정하되
모든 것을 짊어지고 가지 말자

욕망 2

이 세상에
가지고자 하는 것도 많고
가지지 못할 것도 없으나

주어진 모든 것을 사랑하는 것은
이토록 힘들다.

단언컨대 확실한 것은
이 세상에 놓인 모든 것들은
신의 선물이라는 것

소유욕

무소유라는 것
심플라이프라는 것은 분명
존재하지만

소유하는 것의
기쁨 또한 분명 존재한다.

소유한 것에 대한
가치는 무한하다.

내가 그것을
바라보고 행복해진다면
그걸로 충분할 수도 있다.

카페에서

손길이 가득 담긴 정원
카페 주인인 사장님이
느긋하게 정원 소개를 해주었다.

그가 보여준 것은
수국과 장미 이름 모를 꽃들이지만

그것보다 더 많은 것이
남았다.

삶에 관한 태도와
여유로운 마음
세심하고 따뜻한 시선들

손에 쥔 것들

손을 활짝 피고

손을 다시 쥐어봐

네가 잡을 수 있는 만큼

담아진 것들을 보아

수많은 어려움을 극복하고

헤매었던 시간 속에

남았던 진귀한 보석들이

있을 거야

사랑과 행복 사이에 있는

여러 수많은 감정도

그 속에 포함되어 있지

사실은 그것보다
더 많은 것들을 가졌을지도 몰라
네 안에 모든 것들이 담겨있거든

그 감각을 다시 되살려봐
너는 꼭 그 모든 걸 찾을 수 있을 거야

아무렴 어때 넌 이미
손에 쥐었는걸

마치며

제주에 살면서 가장 큰 특혜는 순간적으로 내가 가진 어떤 부분을 한순간에 벗어나 삶을 순간적으로 관조하게 되고 무겁게 생각했던 기억의 조각들이 날아가는 경험을 하게 되기 때문인 것 같다.

삶은 때로 마음대로 되지 않고 힘이 들 때도 많지만, 제주라는 공간에서 특히 더 완벽한 비움이 가능해졌고 때로는 여행자적인 태도로 삶을 즐길 수 있게 도와주었다. 또한 말 못 할 어려움, 슬픔 등도 내가 자연의 일부라고 느끼는 순간 점차 희미해졌다.

많은 이들이 제주로 여행을 오는 이유가 분명히 있을 것이다.

이제는 관광객이 아닌 여기서 터전을 잡고 삶을 살아가는 평범한 제주 도민이지만 오히려 그래서 때로는 제주도가 아닌 나의 고향인 부산과 육지에서의 경험들도 더욱 소중하고 멋진 기억들로 남는다. 한 번씩 공항에 내려 본가로 택시를 타고 내려갈 때면 부산의 멋진 풍경과 세련된 밤바다의 야경이 그렇게 아름다울 수 없다.

이렇듯 삶을 다양한 관점에서 경험하게 되고 제주 또한 다른 지역과 같은 하나의 터전의 일부임을 느끼기도 했다.

처음 남자 친구가 이곳에 정착했을 때 잠시 살았던 동네 신광로부터 현재 동광양 쪽에 거주하기까지 많은 우여곡절이 있었지만 내 삶을 든든히 지켜주고 먼저 고생을 많이 했던 사랑하는 내 사람에게 한편으로는 미안했고 더 용기를 가지고 잘 살아 보자고 재촉했던 시간도 있었다. 상대적으로 프리랜서인 내가 조금 더 여유시간이 많았기에 내가 조금 더 자유롭게 제주를 즐기기도 했지만, 나의 그 순간순간들조차 함께 공유하고 우리가 더 행복해지길 바랐던 것 같다.
(사랑하는 내 사람 고생 많았어…. ^^)

지금은 나도 관광객 모드(?)는 잠시 접어두고 평일에는 일에 집중하며 주말에 남자 친구와 함께 제주의 혜택을 잘 누리는 중이다.

제주에 살면서 순간적인 영감을 글로 조금씩 썼던 것이 그래도 작은 출판물을 만들 수 있다는 게 참 신기하고 즐거운 경험이다.

정말로 제주가 아니었다면 이런 글들이 나오긴 어려웠을 것 같다.

전문적으로 글을 배운 적도 쓴 적도 없지만 오롯이 내 마음에서 흘러나온 글들을 이렇게 정리하고 나눌 수 있어 더없이 기쁘다.

앞으로 어떤 글을 또 쓰게 될지 모르지만, 내 인생의 글도 제주와 함께 써 내려가 보려 한다.

많은 사람들이 행복은 거창한 거로 생각하지만, 그 행복도 마음만 먹으면 언제 어디서든 충분히 느껴가며 살길 바라본다…. 사랑하는 사람에게서도, 훌쩍 떠난 여행에서도, 시간을 내서 만든 잠깐의 커피타임에서도, 오롯이 나에게 몰입하며 책 읽는 시간마저도…!

제주에서 불어온 바람

초판 1쇄 발행 2024년 07월 03일

지 은 이 류송미
편 집 류송미
디 자 인 류송미

발 행 처 인디펍
발 행 인 민승원
출판등록 2019년 01월 28일 제2019-8호
전자우편 cs@indiepub.kr
대표전화 070-8848-8004
팩 스 0303-3444-7982

정 가 14,000원
ISBN 979-11-6756576-1 (03810)